獻給媽媽，她總是鼓勵我發問。

I HAVE A QUESTION
by Andrew Arnold
Copyright © 2023 by Andrew Arno[ld]
Published by arrangement with
Roaring Brook Press
Roaring Brook Press is a division
of Holtzbrinck Publishing Holding
Limited Partnership.
Complex Chinese translation
copyright © 2024 by Rye Field
Publications, a division of Cite
Publishing Ltd.
ALL RIGHTS RESERVED

我有問題，但我不敢問 I have a question

作者：安德魯‧阿諾德Andrew Arnold／譯者：周婉湘／封面設計、美術編排：翁秋燕／主編：汪郁潔／責任編輯：蔡依帆／國際版權：吳玲緯、楊靜／行銷：闕志勳、吳宇軒、余一霞／業務：李再星、李振東、陳美燕／總編輯：巫維珍／編輯總監：劉麗真／發行人：涂玉雲

出版：小麥田出版／10483台北市中山區民生東路二段141號5樓／電話：(02)2500-7696／傳真：(02)2500-1967

發行：英屬蓋曼群島商家庭傳媒股份有限公司城邦分公司／10483台北市中山區民生東路二段141號11樓／網址：http://www.cite.com.tw／客服專線：(02)2500-7718｜2500-7719｜(02)2500-7718｜2500-7719／24小時傳真專線：(02)2500-1990｜2500-1991／服務時間：週一至週五09:30-12:00｜13:30-17:00

讀者服務信箱：services@cite.my／麥田部落格：http://ryefield.pixnet.net／印刷：漾格科技股份有限公司／初版：2024年1月／售價：360元／版權所有‧翻印必究／ISBN：978-626-7281-45-1／本書若有缺頁、破損、裝訂錯誤，請寄回更換。

劃撥帳號：19863813／戶名：書虫股份有限公司／讀者服務信箱：service@readingclub.com.tw／香港發行所：城邦(香港)出版集團有限公司／香港九龍九龍城土瓜灣道86號順聯工業大廈6樓A室／電話：852-2508 6231／傳真：852-2578 9337／馬新發行所：城邦(馬新)出版集團 Cite (M) Sdn Bhd. ／41, Jalan Radin Anum, Bandar Baru Sri Petaling, 57000 Kuala Lumpur, Malaysia. ／電話：+603 9056 3833／傳真：+603 9057 6622

國家圖書館出版品預行編目 (CIP) 資料

我有問題,但我不敢問/安德魯.阿諾德(Andrew Arnold)著；周婉湘譯. -- 初版. -- 臺北市：小麥田出版：英屬蓋曼群島商家庭傳媒股份有限公司城邦分公司發行, 2024.1
面； 公分. -- (小麥田繪本館)
國語注音
譯自：I have a question.
ISBN 978-626-7281-45-1(精裝)

874.599   112018052

我有問題，但我不敢問

安德魯‧阿諾德Andrew Arnold 著　　周婉湘 譯

我環顧四周，教室裡沒有任何人提出問題。

只些有家我刻有家疑一問款。

但是我不能問，對吧？
如果問了，我知道會發生什麼事。

如果我真的鼓起勇氣舉手，
說出問題，大家就會轉頭看我，
大笑著說……

大家絕對會給我取綽號。

你們看！

是那個笨問題小子！

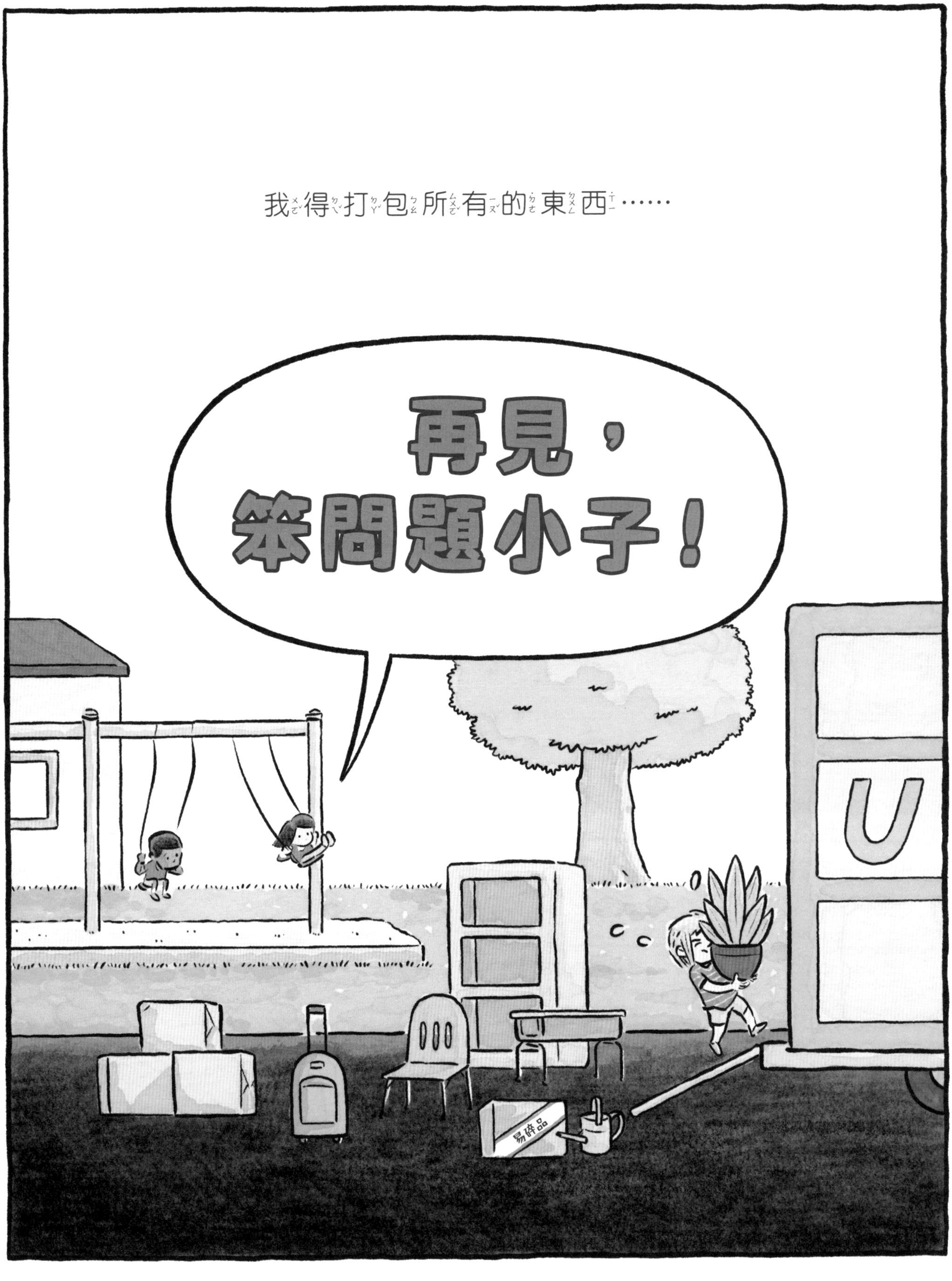
我得打包所有的東西……
再見，笨問題小子！
易碎品

搬去另一個城市。

但是，這樣做根本沒用，
因為現今消息傳播得很快。

我只好再打包一次。

呼！

然後……

嘿喲！

再次搬家。

這次要搬去另一個太陽系的遙遠星球。

我將獨自住在那裡，
沒有人會笑我，
或給我取綽號。

終於，我可以隨時
提出所有想問的問題了。

嘿喲！

打擾了！

我有一個問題！

只是會遇到一點小麻煩……

在那裡，沒有人
會回答我的問題。

那樣做有什麼用？

我想知道答案。
這個問題我一定要問。

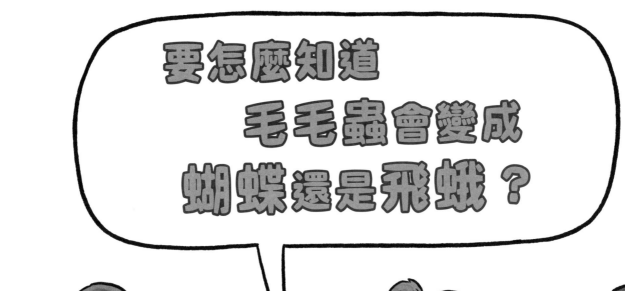

好了，大家開始吧。

馬上就會有人大笑、嘆氣或翻白眼了。

一定會有人叫我笨問題小子，

因為我連這都不知道。

但相反的是……

「大家的問題都很棒！」
蓋兒老師說。
「在我們開始找答案之前，
還有其他問題嗎？」

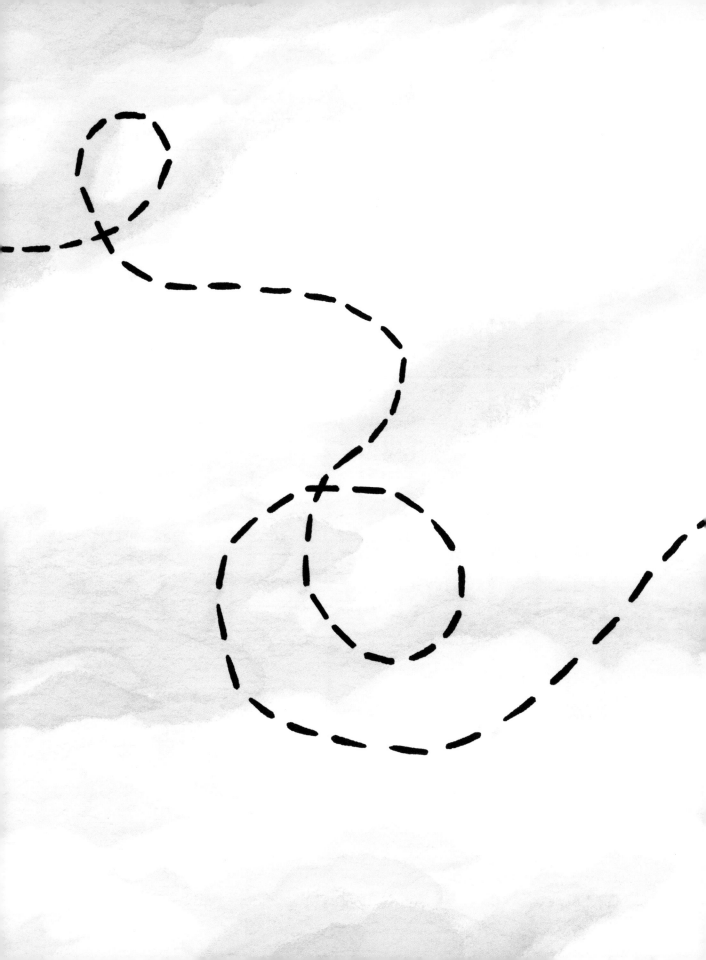